histórias do ♡

A ÁRVORE de dinheiro

história
Sonia Junqueira

Mariângela Haddad
desenhos

2ª EDIÇÃO
1ª REIMPRESSÃO

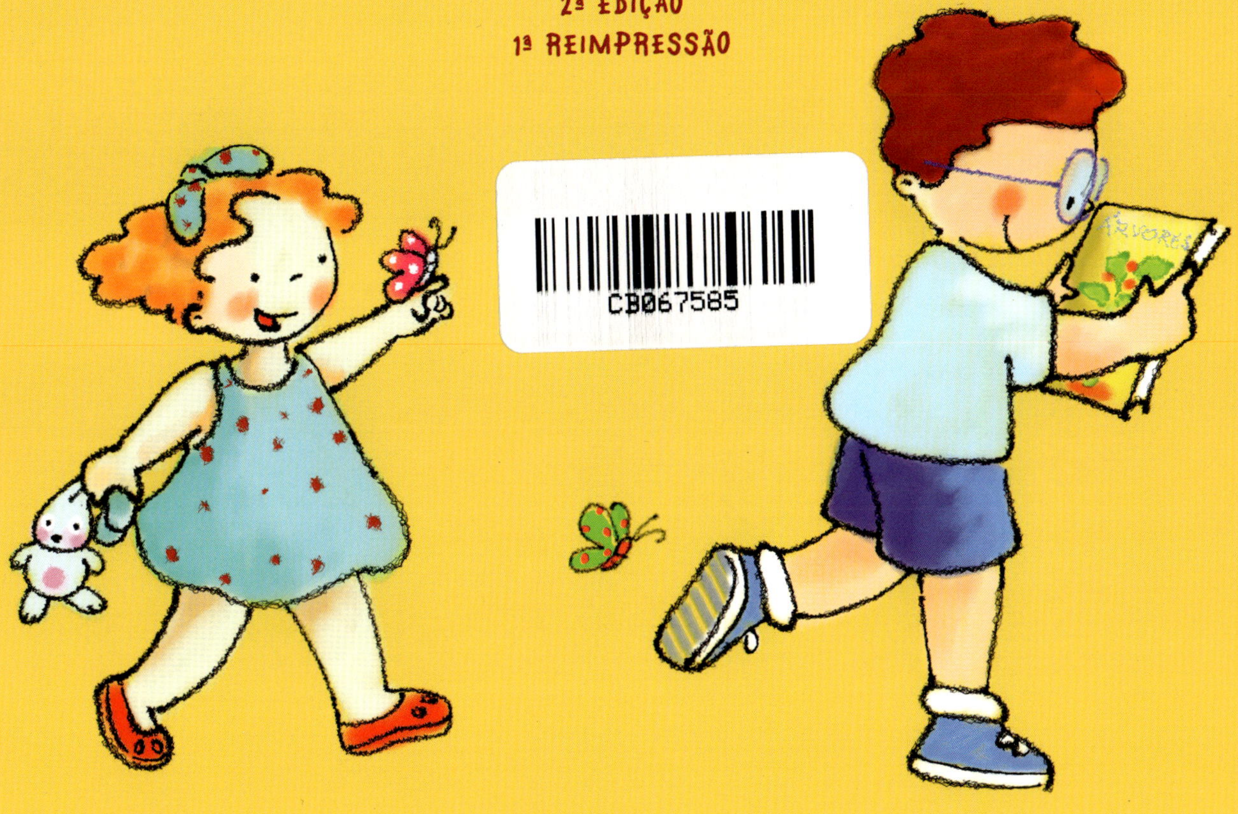

CB067585

Yellowfante

Agora, leia a história em palavras.

Minha mãe nunca compra tudo o que eu quero. É uma coisa de cada vez, e só de vez em quando.

Então, tive uma ideia: vou dar um jeito de ganhar muito dinheiro, aí eu mesmo compro as minhas coisas.

– Se a gente planta sementes, elas brotam, crescem, viram árvores... e as árvores dão flores e frutas, né? Pois vou plantar moedas e ter uma árvore de dinheiro. Pronto.

Tirei umas moedas do meu porquinho e corri pro quintal. Vi uma plantinha nascendo no canteiro e pensei:

– Minhas sementes de dinheiro vão crescer é aqui...

E plantei as moedas bem no pé da plantinha. Afofei a terra, reguei, cuidei... E, enquanto minha arvorezinha crescia, eu pensava em tudo o que queria comprar.

Uma bola, um videogame, uma bike... e livros, muitos livros.

Todo dia eu chegava da escola e corria pro quintal. Remexia a terra, arrancava matinhos... e esperava. Pensando em tudo o que ia comprar com aquele monte de dinheiro só meu.

O tempo foi passando. A arvorezinha ia crescendo forte, bonita. Eu também: minha mãe sempre falava isso quando via minhas roupas ficando curtas, apertadas, meu pé não cabendo mais no tênis...

Um dia, logo cedo, uma alegria: minha árvore estava toda florida, rodeada de borboletas e beija-flores!

– Quando as árvores dão flores, logo vêm os frutos – meu pai falou.

Fiquei animado: os frutos da minha árvore iam ser notas e moedas – muitos, muitos frutos!

Um tempo depois, no lugar das flores nasceram umas bolotinhas verdes, duras. Achei esquisito, mas continuei cuidando da árvore, regando, arrancando mato, conversando com ela, como fazia sempre.

As bolinhas cresceram, engordaram, começaram a amarelar. E descobri: minha árvore era uma laranjeira!

Fiquei meio assim... mas entendi o que minha mãe sempre dizia quando eu pedia pra ela comprar, comprar, comprar:

– Dinheiro não nasce em árvore!

Aí, tive a ideia: minha irmã e eu colhemos as laranjas... e vendemos todas!

Quer saber? Deu um tanto de dinheiro! Eu até comprei um skate... e fiquei bem contente!

A ÁRVORE DE DINHEIRO

Coleção HISTÓRIAS DO CORAÇÃO
Copyright © 2013 Sonia Junqueira (texto)
Copyright © 2013 Mariângela Haddad (ilustração)
Copyright desta edição © 2019 Editora Yellowfante

Todos os direitos reservados pela Editora Yellowfante.
Nenhuma parte desta publicação poderá ser reproduzida,
seja por meios mecânicos, eletrônicos, seja via cópia xerográfica,
sem a autorização prévia da Editora.

EDIÇÃO GERAL
Sonia Junqueira

DIAGRAMAÇÃO
Tamara Lacerda

REVISÃO
Cecília Martins

Dados Internacionais de Catalogação na Publicação (CIP)
(Câmara Brasileira do Livro, SP, Brasil)

Junqueira, Sonia
  A árvore de dinheiro , Sonia Junqueira ; ilustradora
Mariângela Haddad. -- 2. ed.; 1. reimp. -- Belo Horizonte :
Editora Yellowfante, 2025.

  ISBN 978-85-513-0681-9

  1. Literatura infantojuvenil I. Haddad, Mariângela. II. Título.
III. Série.

19-30226   CDD-028.5

Índices para catálogo sistemático:
1. Literatura infantil 028.5
2. Literatura infantojuvenil 028.5

Iolanda Rodrigues Biode - Bibliotecária - CRB-8/10014

A **YELLOWFANTE** É UMA EDITORA DO **GRUPO AUTÊNTICA**

Belo Horizonte
Rua Carlos Turner, 420
Silveira . 31140-520
Belo Horizonte . MG
Tel.: (55 31) 3465 4500

São Paulo
Av. Paulista, 2.073 . Conjunto Nacional
Horsa I . Salas 404-406 . Bela Vista
01311-940 . São Paulo . SP
Tel.: (55 11) 3034 4468

www.editorayellowfante.com.br
SAC: atendimentoleitor@grupoautentica.com.br